Anna Brett

That's me!

Wer ich bin und wer ich einmal sein möchte

Arena

Wie du dieses Buch benutzen kannst

Lebe nicht in einer Welt aus Erfahrungen, die dir andere weitergeben. Schreibe über deine eigenen!

Dieses Eintragebuch ist nur für dich und über dich! Und das Beste daran ist: Du musst nichts weiter tun, als einfach Seite für Seite umzublättern – so bekommst du Anregungen und großartige Tipps.

HIER KANNST DU ALLES AUFSCHREIBEN: deine Gewohnheiten, Erfolge, Wünsche, Träume und Ängste. Am Ende wirst du sehen, was du alles erreicht hast, und wirst viel über DICH gelernt haben.

Es gibt unterschiedliche Arten von Seiten in diesem Buch. Die wichtigsten sind hier aufgeführt, sodass du dies als Inhaltsliste nutzen und jeweils hin- und herblättern kannst. Notiere dir hier auch andere Seiten, die dir beim Ausfüllen wichtig werden.

1. **Einige Seiten lassen sich schnell und einfach ausfüllen.** Übernimm doch einige Ideen in dein persönliches Tagebuch, sodass du später noch mehr dazuschreiben kannst. Zum Beispiel:

2. **Außerdem gibt es Tracker-Seiten.** Diese Seiten kannst du immer weiter vervollständigen und so deine Gewohnheiten, Stimmungen sowie deine tägliche Routine festhalten. Vielleicht möchtest du diese Übersichten ja sogar weiterführen. Zum Beispiel:

3. **Bestimmte Seiten stecken voller guter Tipps!** Es gibt nützliche Hinweise und Quizfragen. Sie helfen dir dabei, dich auf vielen neuen Gebieten weiterzuentwickeln. Zum Beispiel:

- 20–21 Mein Platz zu Hause
- 44–45 Leckeres im Bauch

4. **Die vierte Art von Seiten sind solche, auf die du vielleicht in einer Woche, einem Monat oder einigen Jahren noch einmal zurückschauen möchtest.** Sie erzählen deine Geschichte! Zum Beispiel:

- 10–11 So beschreibe ich mich
- 36–37 Meine Zukunft
- 66–67 Meine Playlisten

Mein Kalender

Das Jahr gehört dir!
Was wirst du damit anfangen?

Nutze dieses Eintragebuch ein Jahr lang jeden Tag.
Es ist völlig egal, wann du anfängst.

MALE DIE KÄSTCHEN NACH DIESEM PRINZIP AUS:

GELB = Ein normaler Tag: Ich bin zufrieden.

PINK = Heute ist etwas Wunderbares passiert: Ich bin glücklich.

ROT = Heute ist etwas Wichtiges passiert: Daran will ich mich erinnern.

GRÜN = Heute habe ich etwas Neues ausprobiert: Das war aufregend.

BLAU = Heute hat mich etwas traurig gemacht oder verärgert: Ich bin niedergeschlagen, aber morgen ist ein neuer Tag!

Januar

1	2	3	4	5	6	7
8	9	10	11	12	13	14
15	16	17	18	19	20	21
22	23	24	25	26	27	28
29	30	31				

Februar

1	2	3	4	5	6	7
8	9	10	11	12	13	14
15	16	17	18	19	20	21
22	23	24	25	26	27	28
29						

März

1	2	3	4	5	6	7
8	9	10	11	12	13	14
15	16	17	18	19	20	21
22	23	24	25	26	27	28
29	30	31				

April

1	2	3	4	5	6	7
8	9	10	11	12	13	14
15	16	17	18	19	20	21
22	23	24	25	26	27	28
29	30					

Mai

1	2	3	4	5	6	7
8	9	10	11	12	13	14
15	16	17	18	19	20	21
22	23	24	25	26	27	28
29	30	31				

Juni

1	2	3	4	5	6	7
8	9	10	11	12	13	14
15	16	17	18	19	20	21
22	23	24	25	26	27	28
29	30					

Juli

1	2	3	4	5	6	7
8	9	10	11	12	13	14
15	16	17	18	19	20	21
22	23	24	25	26	27	28
29	30	31				

August

1	2	3	4	5	6	7
8	9	10	11	12	13	14
15	16	17	18	19	20	21
22	23	24	25	26	27	28
29	30	31				

September

1	2	3	4	5	6	7
8	9	10	11	12	13	14
15	16	17	18	19	20	21
22	23	24	25	26	27	28
29	30					

Oktober

1	2	3	4	5	6	7
8	9	10	11	12	13	14
15	16	17	18	19	20	21
22	23	24	25	26	27	28
29	30	31				

November

1	2	3	4	5	6	7
8	9	10	11	12	13	14
15	16	17	18	19	20	21
22	23	24	25	26	27	28
29	30					

Dezember

1	2	3	4	5	6	7
8	9	10	11	12	13	14
15	16	17	18	19	20	21
22	23	24	25	26	27	28
29	30	31				

Welcher Monat war dieses Jahr dein Lieblingsmonat?

____

TEIL 1

Alles über mich

„Sei du selbst. Alle anderen sind schon vergeben!“

Herzlichen Glückwunsch!
Ein Film mit dem Titel „Meine Geschichte“ wird gedreht – und du spielst die Hauptrolle!

Trage hier alle Informationen über dich ein und schon hast du Infos über die Hauptfigur vor Augen – nämlich dich!

Meine Geschichte

BESETZUNG

Hauptrolle (dein Name): Laura Elizabeth (Devil) Rock

Erstausstrahlung (dein Geburtstag): 05.08.2008

Produzenten (deine Eltern oder Betreuer): Axel Rock, Natalia Rock

Nebenrollen (Verwandte und Freunde): Kate, Slay, Lucy, Lucie, Lucy, Gianna, A Hermes

Gedreht in (dein Wohnort): Berlin

Und in einer Schule namens: Juckt dich nicht

Wichtigstes Zitat aus *„Meine Geschichte“*: Rede nicht von Würmern, ich hab Spaghetti in meinem Mund!

Das bin ich!

Schaue dir mal diese ganz private Offline-Profilseite an – die einzige Person, die hier kommentieren darf, bist **DU**!

Wähle deine **DREI** Lieblingsfarben, um den Rest deines perfekten Profils superstylisch auszufüllen.

MEINE HAARFARBE:

- [x] blond
- [ ] braun
- [ ] rötlich
- [ ] schwarz
- [ ] anders: ....

So sehe ich aus:
(Kritzle dich selbst.)

AUGENFARBE:

[x] blau [ ] braun [ ] grün
[ ] grau [x] anders: rot

Diese drei Worte beschreiben mich:

1. verrückt
2. nett
3. ~~hif~~ hilfsbereit

So groß bin ich: ....

LIEBLINGSFARBE:

~~rosa~~ rot, schwarz

Heute fühle ich mich:

GLÜCKLICH · traurig · entspannt · nervös · GESUND · sportlich · gelangweilt · VERRÜCKT · frech

Lieblingsfach in der Schule: ....

Lieblingsfilm: Es

Lieblingsbuch: Es, Graveyard Buch

Lieblingsort: Mein Zimmer

Lieblingslied: Hey Mama

MEIN STIL:

- ☐ sportlich
- ☐ brav
- ☑ lässig
- ☐ modisch
- ☐ partymäßig
- ☑ anders: Ich!!!

So beschreibe ich mich

Mein Name:

Laura

Notiere Wörter, die dich am besten beschreiben.

Wähle Begriffe, die:

A) dich beschreiben (sportlich, witzig, fürsorglich ...),

B) wichtig für dich sind (Freunde, Handy, Schokolade ...),

C) du gern benutzt (cool, toll, nice ...).

Variiere die Größen und Farben der Wörter, je nachdem, wie wichtig sie dir sind.

Schnappschuss von heute

Vielleicht ist heute der beste Tag deines Lebens! Was immer geschehen mag, mit dieser Seite wirst du dich immer daran erinnern. Wiederhole dies an anderen Tagen. So kannst du beobachten, wie sich dein Leben verändert.

TAG:

M D M D F S S (KREISE DEN TAG EIN.)

Aufgewacht bin ich um:

…

HIER WAR ICH: …

…

Meine Kleidung:

…

…

…

GETROFFEN HABE ICH: …

…

…

…

…

…

Frühstück: …

Mittagessen: …

Abendessen: …

Snacks: …

Das Beste war heute:

DAS SCHLIMMSTE WAR HEUTE:

DANN BIN ICH INS BETT GEGANGEN:

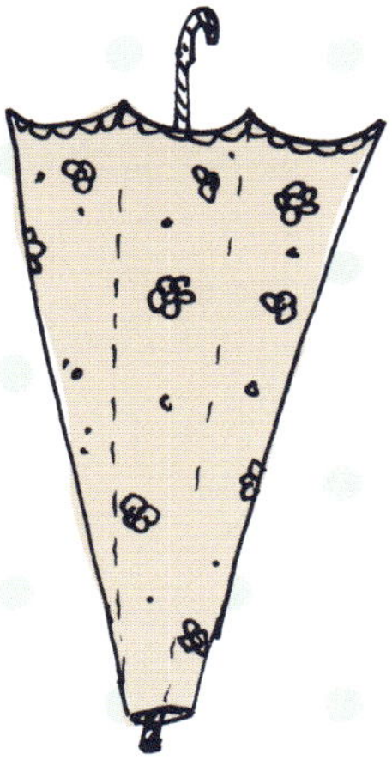

Das habe ich heute geschafft:

BESTER TEIL:

Spruch des Tages:

Meine täglichen Gewohnheiten

In dieser Tabelle kannst du zwei Wochen lang deine täglichen Gewohnheiten festhalten. Schreibe oder male in jede Zeile mit einer anderen Farbe.

WOCHE 1	MO.	DI.	MI.	DO.	FR.	SA.	SO.	SUMME
Aufwachzeit								
Mindestens 8 Stunden Schlaf (ja/nein)								
Obst- und Gemüse-Portionen								
So viele Gläser Wasser getrunken								
So lange Fernsehen geguckt								
So lange mit Freunden gequatscht								
So lange Hausaufgaben gemacht								
Ein Buch gelesen (ja/nein)								
Zeit draußen verbracht (ja/nein)								
Jemandem geholfen (ja/nein)								

Überrascht vom Ergebnis? Möchtest du nächste Woche etwas anders machen?

„Jeder Tag ist ein neuer Anfang." – GEORGE ELIOT

WOCHE 2	MO.	DI.	MI.	DO.	FR.	SA.	SO.	SUMME
Aufwachzeit								
Mindestens 8 Stunden Schlaf (ja/nein)								
Obst- und Gemüse-Portionen								
So viele Gläser Wasser getrunken								
So lange Fernsehen geguckt								
So lange mit Freunden gequatscht								
So lange Hausaufgaben gemacht								
Ein Buch gelesen (ja/nein)								
Zeit draußen verbracht (ja/nein)								
Jemandem geholfen (ja/nein)								

Hast du geschafft, was du dir vorgenommen hast? Wie? ....

Versuche was Neues

Welche deiner Routinen würdest du gern ändern? Wähle eine aus und erstelle ein Raster, wie du das umsetzen möchtest. Willst du zum Beispiel früher aufstehen, könntest du dir eine Liste wie die unten erstellen und jeden Tag eine neue Methode ausprobieren.

Schreibe nun auf, was du gern anders machen möchtest, und erstelle deinen eigenen Plan.

WIE MAN SCHNELLER WACH WIRD UND IN DIE GÄNGE KOMMT

1. Sei dein Modeberater
– und lege deine Klamotten am Abend zuvor heraus.

2. Motiviere dich
– und schreibe vor dem Schlafengehen auf, worauf du dich morgen freust.

3. Ändere den Ton
– variiere deinen Weckton oder bitte deine Mutter, dich mit einem Lied zu wecken.

4. Schluss mit dem Schlummer-Modus
– stelle deinen Wecker in die andere Zimmerecke.

5. Lass Licht herein
– lass die Vorhänge offen, sodass Tageslicht hereinfällt.

6. Trink es aus
– und zwar ein ganzes Glas Zitronenwasser.

7. Streck dich aus
– direkt nach dem Aufstehen, für fünf Minuten.

Was hat gut für dich geklappt?

Schlafstil

Tiefschlaf oder ruhelose Träume?

Beantworte diese Fragen und finde mehr über deinen Schlafrhythmus heraus.

1 WAS TRÄGST DU BEIM SCHLAFEN?

A. einen frischen, sauberen Schlafanzug

B. den Schlafanzug, den du gerade findest

C. das schlabbrige T-Shirt, das du auch sonst zu Hause anhast

2 WIE SIEHT DEIN BETT AUS, WENN DU HINEINSCHLÜPFST?

A. ordentlich gemacht

B. so wie du es am Morgen verlassen hast

C. voll mit Büchern, Kram, Hausaufgaben und Klamotten

3 WIE SCHLÄFST DU EIN?

A. auf dem Rücken

B. auf der Seite

C. auf dem Bauch

4 WIE FÜHLST DU DICH BEIM AUFWACHEN?

A. Hey, ein neuer Tag!

B. Okay, vermutlich.

C. Oh Mist, schon so spät?

5 WIE OFT WACHST DU NACHTS AUF?

A. nie

B. einmal

C. mehr als einmal

6 WANN SCHLÄFST DU EIN?

A. jeden Abend etwa zur gleichen Zeit

B. das hängt davon ab, was ich gerade tue

C. wann immer mir danach ist

7 LIEGEN DEIN SMARTPHONE ODER TABLET AUF DEM NACHTTISCH?

A. Nein, ich brauche meinen Schlaf!

B. Ja, aber im Ruhemodus.

C. Klar, ich will doch nichts verpassen!

Überwiegend A = Vermutlich schläfst du gut, denn wenn es um deine Schlafgewohnheiten geht, kommt dir nichts in den Weg! Dein Bett ist nur für den einen wichtigen Zweck reserviert: Hier schläfst du. Bleib dabei! 1

Überwiegend B = Es klappt schon ganz gut, doch Schlaf ist für dich noch nicht so erholsam, wie er sein könnte. Mache dein Bett, gönne dir einen neuen Schlafanzug und du wirst dich aufs Schlafengehen freuen. 4

Überwiegend C = Oha, wahrscheinlich schläfst du schlecht! Dein Bett sieht eher wie ein Schreibtisch aus! Vergiss nicht: Schlafenszeit ist anders als der Rest des Tages! Also passe deine Gewohnheiten an. 1

Plane hier deine ideale Einschlafroutine und versuche, dich daran zu halten!

VOR DEM SCHLAFENGEHEN WERDE ICH: . . . .

SO SIEHT MEIN BETT AUS: . . . ordentlich, (oder wenigstens)

ICH WERDE IMMER: . . . .
1 Decke verbreitet

Hoff nicht

Mein Platz zu Hause

Ganz gleich, ob du ein eigenes Zimmer hast oder es teilen musst, denke über deinen Raum nach. Spiegelt er wieder, wer du bist ... oder wer du vor einem Jahr warst ... oder hat er womöglich überhaupt nichts mit deiner Persönlichkeit zu tun?

Notiere hier persönliche oder dekorative Gegenstände aus deinem Zimmer und überdenke ihren Zweck! Entscheide: Brauchst du sie noch oder kannst du sie aussortieren oder aufwerten?

Denke daran: Es ist völlig okay, Dinge aufzuheben, die du liebst, auch wenn du sie eigentlich nicht mehr brauchst.

GEGENSTAND	WEGRÄUMEN	ICH LIEBE ES!	REPARIEREN	WEGGEBEN
mein alter Teddybär		✓		
Schuhe, die nicht mehr passen				✓
Hässlicher Kram				✓

GEGENSTAND	WEGRÄUMEN	ICH LIEBE ES!	REPARIEREN	WEGGEBEN

Frage deine Eltern, wohin man aussortierte Dinge geben kann!

Mein Traumzimmer

Träume davon, wie es aussehen soll. Dann gestalte es!
Zeichne Ausschnitte aus deinem Traumzimmer.
Stelle dir vor, alles wäre möglich! Wirf dann einen Blick auf deine Ideen. Kannst du einige davon umsetzen? Sprich mit deinen Eltern darüber, was dafür nötig wäre.

Wähle aus und gestalte:

- Farben
- Arbeitsbereich
- Bereich zum Ausruhen
- Bereich für Freunde
- Bereich für die Schönheitspflege

So könntest du dein Zimmer zeichnen.

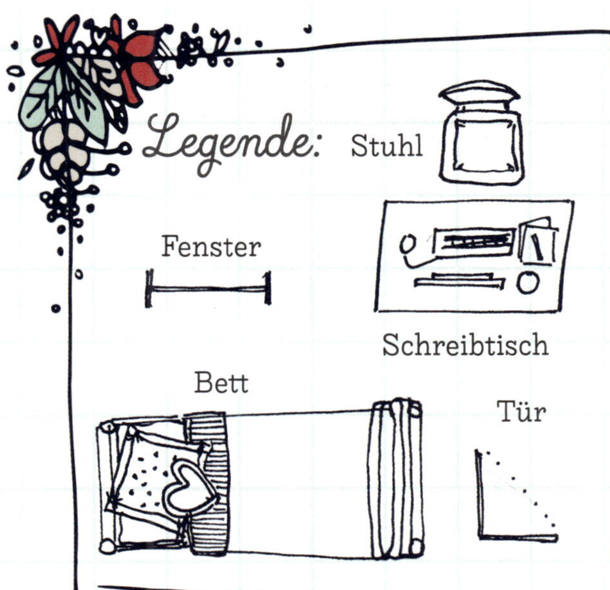

Stürze dich in dein Hobby

Was tust du außerhalb der Schule am liebsten? Treibst du gern Sport, bastelst, liest oder singst du gern? Hier ist Platz, um aufzuschreiben, was du schon gemacht hast, was du im Moment tust und was du gern tun würdest.

SPASS MIT FREUNDEN:

Schreibe alle deine Aktivitäten der letzten Jahre auf. Unterstreiche, was dir am meisten Spaß gemacht hat.

SELBSTVERWIRKLICHUNG:

ANDEREN HELFEN:

Fitness:

NÄCHSTEN MONAT WILL ICH ZUM ERSTEN MAL:

Dünn sein.

Das möchte ich nächstes Jahr erreichen:

Klavier können

WENN ICH ERWACHSEN BIN, SOLL DIESES HOBBY TEIL MEINES BERUFES SEIN:

Singen

Schutztier

Ganz gleich, ob du eine Tierfreundin bist oder nicht, jeder hat ein inneres Schutztier. Finde heraus, welches deins ist, und es wird dir helfen, den Weg durchs Leben zu finden.

1 ICH WÜRDE SAGEN, ICH BIN:

A. bodenständig.

B. verträumt.

C. ruhig und gelassen.

D. heißblütig.

2 ICH DENKE, ICH:

A. bin eine gute Zuhörerin.

B. überlege mir, was ich sagen möchte.

C. kann mich mit allen unterhalten.

D. bin eine Quasselstrippe.

3 VON TAG ZU TAG:

A. Ich mag Gewohnheiten.

B. Ich weiß nie, was als Nächstes kommt.

C. Ich lasse mich gern treiben.

D. Ich tue, was ich will und wann ich will.

4 AM GLÜCKLICHSTEN BIN ICH, WENN:

A. ich mit meiner Familie zusammen bin.

B. ich allein bin.

C. ich von Freunden umgeben bin.

D. ich neue Menschen kennenlerne.

5 ICH MAG ES, WENN ANDERE:

A. mich umarmen und unterstützen.

B. mir meinen Freiraum lassen.

C. mir helfen, neue Erfahrungen zu machen.

D. mir nicht in die Quere kommen, sondern mir folgen.

6 AN EINEM PERFEKTEN TAG WÜRDE ICH:

A. draußen spielen.

B. mein Lieblingsbuch lesen.

C. Sport treiben.

D. etwas Neues und Kreatives ausprobieren.

Überwiegend A = Bär

Der Bär als Schutztier gibt dir Stärke und erdet dich. Diese großen Tiere verleihen dir den Mut zu sein, wer du wirklich bist. Du bist besonders gut darin, andere zu unterstützen. Bären sind sehr soziale Tiere, warm und kuschelig und sie werden immer bei dir sein, damit du stark und konzentriert bleibst.

1

Überwiegend B = Adler

Einen Adler als Schutztier zu haben, bedeutet, dass die anderen dich als vernünftig und klug wahrnehmen. Ein Adler ermöglicht es dir, über den Problemen zu stehen und außerhalb der Schubladen nach Lösungen zu suchen. Adler sind Einzelgänger, was bedeutet, dass sie schnell auf alles um sie herum reagieren können, weshalb ein Adler ein wunderbarer Führer durchs Leben sein kann.

1

Überwiegend C = Delfin

2

Das Schutztier Delfin ist verspielt, freundlich und ermöglicht es dir, ein guter Freund oder eine gute Freundin für andere zu sein, sodass du immer für Harmonie in Gruppen sorgst. Delfine geben ihre Energie an dich weiter, weshalb du vermutlich recht sportlich bist. Du siehst stets das Beste an einer Situation und mit einem Delfin an der Seite traust du dich, neue Dinge auszuprobieren.

Überwiegend D = Fuchs

2

Das Schutztier Fuchs ist gern ein Anführer und er wird auch dir dabei helfen, die Führung zu übernehmen. Mit einem Fuchs an deiner Seite kannst du wild und unberechenbar sein, doch die anderen werden dich respektieren, da du zwar deinen eigenen Weg gehst, doch sehr loyal bist. All diese Energie bedeutet, dass du viele kreative Ideen haben wirst.

Das werde ich versuchen, um meinem Schutztier noch ähnlicher zu werden:

nichts

Mein Glücksmonat

Ein Tagebuch ist perfekt dafür, um nachzudenken, nachzuspüren, zu entdecken, zu wachsen, sich zu erinnern und zu träumen.

Schreibe jeden Tag ein oder zwei Sätze über etwas auf, das dich glücklich machte, das du neu gelernt hast oder an das du dich gern erinnern möchtest.

TAG	WAS HAT HEUTE EIN LÄCHELN AUF DEIN GESICHT GEZAUBERT?

Mein Jahr: erster Teil

Blicke auf das letzte Jahr zurück und plane voraus: halte die nächsten sechs Monate auf diesen Seiten und die folgenden sechs auf den nächsten zwei Seiten fest. Du kannst wichtige Ereignisse, Pläne und Ziele ergänzen – alles, was du magst!

Trage in jedes Kästchen einen Monatsnamen ein und füge deine Ideen, Pläne und Träume für diese Zeit hinzu. Ziele könnten sein:

- ehrenamtliches Engagement während der Ferien
- weniger Zeit am Smartphone, Tablet, PC oder TV verbringen
- drei neue Gerichte ausprobieren
- neue Freunde finden

Mein Jahr: zweiter Teil

Blättere, wann immer du willst, auf diese Seiten zurück. Hast du einige deiner Ziele erreicht? Du wirst sehen: Mit Plänen erreichst du mehr!

....

....

....

Meine Erinnerungen

*„Dinge gehen zu Ende.
Doch Erinnerungen bleiben für immer."*

Manche Erinnerungen verblassen langsam, bis dich wieder etwas daran denken lässt. Nutze diese Seiten, um sie festzuhalten.

Erinnerungen, die ich für immer behalten will.

Du musst hier nicht alles auf einmal eintragen. Vielleicht tauchen Erinnerungen auch erst später wieder auf.

Meine Zukunft

Wo siehst du dich in fünf, zehn, zwanzig oder dreißig Jahren? Schreibe auf, was du dir am meisten wünschst, und wähle deinen Weg so, dass du es erreichen kannst!

In fünf Jahren

werde ich ..15.. Jahre alt sein.
Ich werde ....
....
....

In zehn Jahren

werde ich ..20.. Jahre alt sein.
Ich werde ....
....
....

In zwanzig Jahren

werde ich 30 ...... Jahre alt sein.
Ich werde ....
....
....

In dreißig Jahren

werde ich 40 ......
Jahre alt sein.
Ich werde ......
....
....
....
....
....

TEIL 2

Mein Wohlbefinden

„Gesundheit ist ein Zustand des Körpers. Wohlbefinden eine Einstellung.“ – J. STANFORD

Hier geht es um deine körperliche und psychische Gesundheit – wenn du auf beides achtest, wird es dir richtig gut gehen!

Positive Gedanken

Gute Ausstrahlung

Ein gutes Leben

HEUTIGES DATUM:

Beantworte folgende Fragen
und nutze dabei die Skala von 1 bis 10 (10 ist am besten).

- Wie gesund fühle ich mich heute? ......
- Wie gesund wäre ich gern? ......
- Wie fit bin ich? ......
- Wie fit wäre ich gern? ......
- Wie glücklich bin ich? ......
- Wie glücklich wäre ich gern? ......

Die Kraft des positiven Denkens

Was auch immer geschieht, versuche, in allem auch das **POSITIVE** zu sehen, und du wirst ein glücklicherer und erfolgreicherer Mensch sein! Du bist, was du denkst – nicht, was andere über dich denken.

„WENN DU GUTE GEDANKEN HAST, WERDEN SIE WIE SONNENSTRAHLEN AUS DEINEM GESICHT SCHEINEN UND DU WIRST IMMER BEZAUBERND AUSSEHEN." – *THE TWITS*, ROALD DAHL

OPTIMISTISCH ZU SEIN, KANNST DU ÜBEN.

Beginne, indem du drei wunderbare Sachen aufschreibst, die dir heute widerfahren sind. (Sie können so winzig oder so groß sein, wie du magst.)

1 ____________________

2 ____________________

3 ____________________

Tue dies nun jeden Abend!

Worauf freust du dich morgen am meisten?

Überlege dir, wie du nett zu anderen sein kannst – und dann sei es!

ZAUBERE EIN LÄCHELN AUF DEIN GESICHT.

Zwinge dich selbst, einfach zu lächeln, wenn etwas Blödes passiert. Hier sind drei Vorschläge, wie du mit mieser Stimmung umgehen kannst:

1 Mache Witze darüber. Lachen macht die Dinge oft leichter.

2 Verbringe mit deinen Freunden oder deiner Familie Zeit oder plane etwas Schönes. Sofort wirst du dich besser fühlen.

3 Versuche, das Problem von der positiven Seite zu sehen. Könnte es vielleicht zu etwas Gutem führen?

DEIN STIMMUNGSBAROMETER

Beobachte einen Monat lang deine Stimmungen! Trage ein, was du gemacht hast und wie du dich dabei gefühlt hast. Siehst du die Verbindungen?

MONAT ____________________

	TOLLER TAG	GUTER TAG	NORMALER TAG	SCHLECHTER TAG	SPORT GETRIEBEN	FREUNDE GETROFFEN	GECHILLT	PRÜFUNG
1								
2								
3								
4								
5								
6								
7								
8								
9								
10								
11								
12								
13								
14								
15								
16								
17								
18								
19								
20								
21								
22								
23								
24								
25								
26								
27								
28								
29								
30								
31								

Wunderbare Worte

„Verändere die Welt mit deinem Lächeln, aber lasse die Welt nicht dein Lächeln verändern."

– CONNOR FRANTA

Ein wunderbarer Weg, um immer das Positive zu sehen, ist, sich mit schönen Zitaten zu umgeben. Diese werden dich immer daran erinnern, dass alles möglich ist, und dir ein Lächeln ins Gesicht zaubern.

Wenn du Stress hast:

„Verbreite überall, wo du bist, Liebe. Lasse niemanden, der zu dir kommt, nicht glücklicher gehen."

Mutter Theresa

Wenn du mit einem Problem nicht weiterkommst:

„Denke links und denke rechts, denke oben und unten. Oh, all die Denks, die du nur denken kannst, wenn du es versuchst."

Dr. Seuss

Wenn du dir um die Zukunft Sorgen machst:

„Wir brauchen keine Magie, um die Welt zu ändern. Wir tragen die notwendige Kraft bereits in uns."

Joanne K. Rowling

Wenn du das Gefühl hast, die Schule sei Zeitverschwendung:

„Ein Kind, eine Lehrkraft, ein Stift und ein Buch können die Welt verändern."

Malala Yousafzai

Wenn du mit deinen Klamotten unzufrieden bist:

„Zufriedenheit und Vertrauen sind die hübschesten Sachen, die du tragen kannst."

Taylor Swift

Bitte deine Familie und Freunde um ihre Lieblingssprüche und schreibe sie hier auf.
(Nimm verschiedene Stifte, damit sich die Zitate unterscheiden.)

Notiere hier Redewendungen, die dich inspirieren.

Leckeres im Bauch

Wir alle brauchen tolles Essen, durch das wir uns super fühlen! Plane die perfekten Gerichte und Getränke für deinen Tag.

Kannst du beschreiben, was genau jeden Bissen großartig macht? Ist es der süße Geschmack oder nur die köstliche Art, wie es von jemandem zubereitet wurde? Magst du lieber Essen, das weich und saftig ist, oder lieber etwas Knackiges?

FRÜHSTÜCK

Damit wecke ich meine Geschmacksknospen:

Brot mit Wurst und Käse

Weil: ....

....

MITTAGESSEN

Mein Lieblingsgericht:

Mamas Burger

Weil: ....

....

ABENDESSEN Ich schlemme gern:

Rührei

Weil:

SÜSSES Mein Lieblingssnack:

Weil:

GESUNDES Mein Vitaminkick für zwischendurch:

Salat

Weil:

GETRÄNKE Der beste Durstlöscher ist:

Wasser (oder Kakao mit Marsh-

~~Weil:~~ ~~ma~~ mallows)

Weil:

Dinner-Einladung

Stelle dir vor, es sei dein Geburtstag und du hast deine Freunde zu einem feinen Essen eingeladen.
Was steht auf der Karte?

MENÜ

Das Begrüßungsgetränk:

. . . .

Serviert mit leckeren Häppchen:

. . . .

Die Vorspeise:

. . . .

Der Hauptgang:

....

Der Nachtisch:

....

Während des Essens werden folgende Getränke angeboten:

....

Wer noch Lust auf einen Snack hat, kann Folgendes genießen:

....

Tanze im Rhythmus!

Durch Sport fühlt man sich besser – das ist erwiesen! Also leg los!

Statt einfach nur auf und ab zu hüpfen (gähn!), schnappe dir ein(e)n Freund(in) (oder lasse deinen Hund zugucken) und stelle die Musik an. Überlege dir lustige Tanzschritte zu verschiedenen Songs.

Lasse die Musik durch deine Arme und Beine fließen und schreibe oder male deine Bewegungen hier auf.

LIED	BEWEGUNGEN

LIED	BEWEGUNGEN

Höre auf den Takt: Ist er schnell, langsam, verrückt oder ruhig? Sind Teile anders als der Rest? Übertreibe es mit deinen Bewegungen nur nicht! Du willst am Ende ein bisschen außer Atem sein, doch immer noch in der Lage, mit deinen Freunden zu quatschen.

GOLDENER STERN

Prämiere deinen Lieblingstanz mit einem goldenen Stern!

Gruppenmensch oder Einzelkämpfer

Sport ist eine tolle Möglichkeit, für mehr Bewegung in deinem Leben zu sorgen. Es gibt so viele Möglichkeiten – in der Gruppe oder allein. Worauf hast du Lust?

Beantworte diese Fragen, um eine neue Sportart zu finden:

INDIVIDUALIST

z. B. Schwimmen, Radfahren, Gymnastik, Reiten, Tennis, Tanzen

Suche dir eine Sportart für Einzelkämpfer und deine Anstrengungen werden dich direkt zum Erfolg führen! Solche Sportarten erlauben es dir, deine eigenen Maßstäbe zu setzen, und je mehr du trainierst, desto besser wirst du. Neue persönliche Bestzeiten zu erreichen, ist der größte Erfolg. Sorge aber für regelmäßige Trainingszeiten, genau wie bei einem Mannschaftssport.

IM TEAM

z. B. Fußball, Handball, Cheerleading, Volleyball, Basketball, Hockey, Wasserball

Schließe dich einer Mannschaft an und schon lernst du neue Menschen kennen. Es spielt keine Rolle, wenn du den Sport noch nie gemacht hast, versuche es einfach mal und deine Mitspieler werden dich unterstützen. Selbst wenn du nicht so gut bist, kannst du mit deiner Mannschaft einen Sieg erringen.

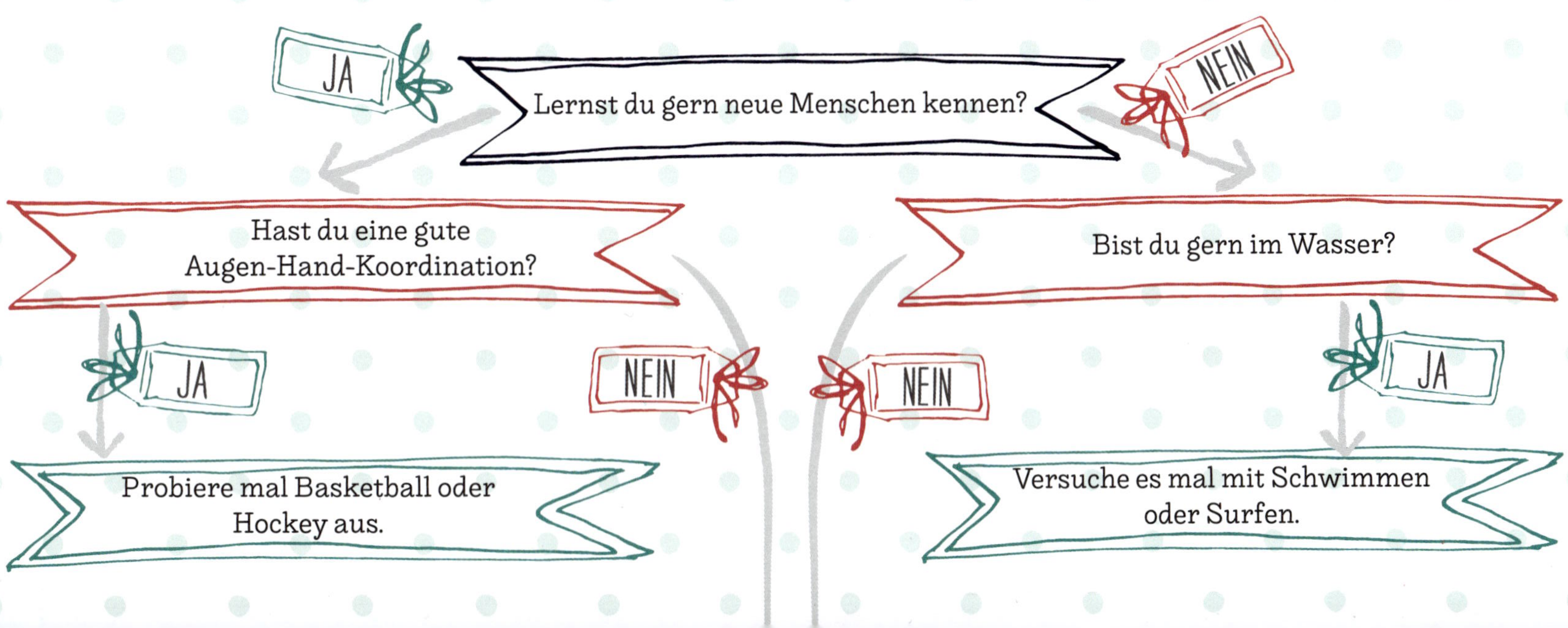

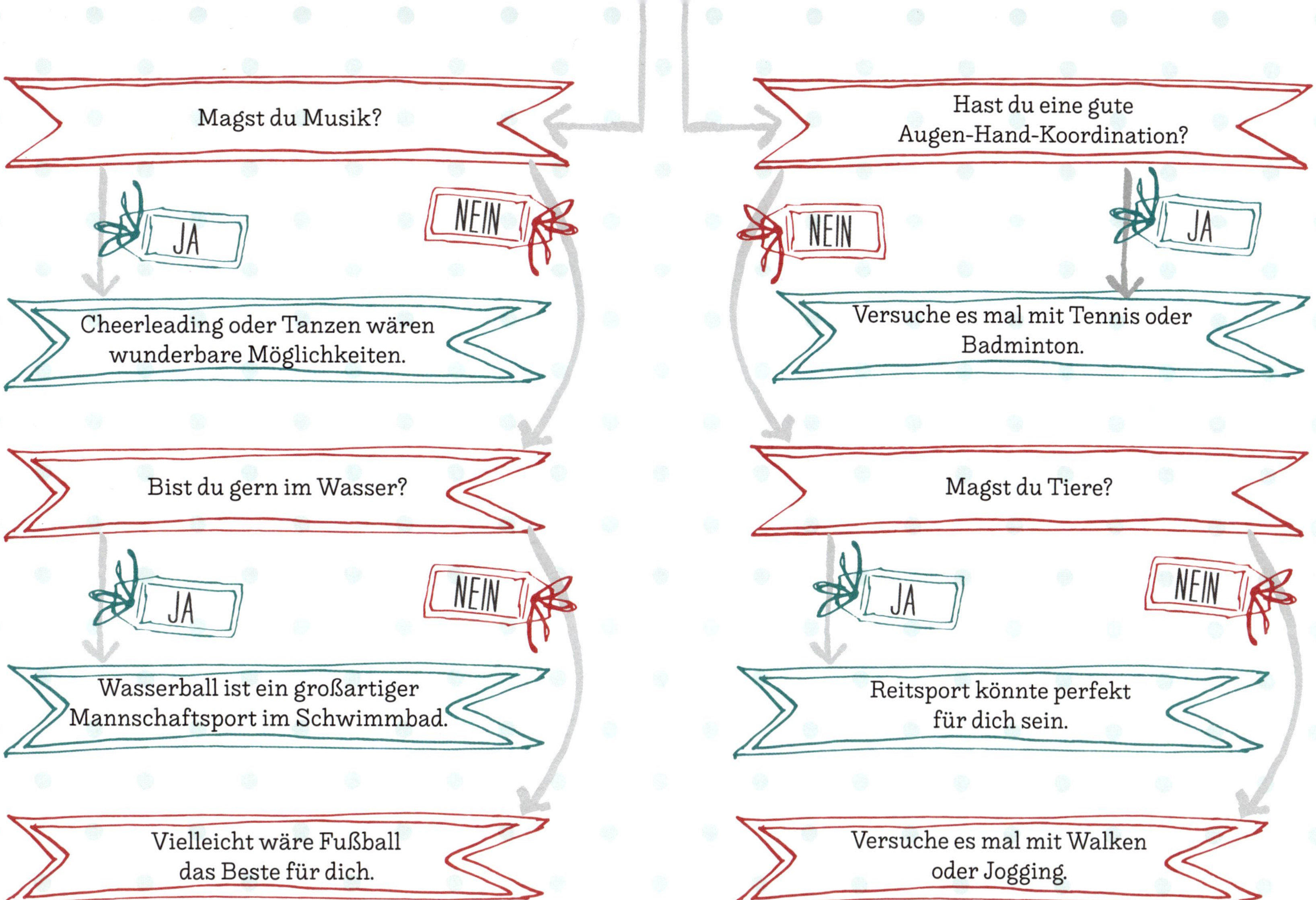

Wenn du wirklich keinen Sport magst, aber gern Teil einer Mannschaft wärst, dann frage doch mal im Verein nach, ob sie Leute für die Organisation, die Webseite oder zum Fotografieren brauchen.

Nach und nach wirst du die Zeit, die du dabei ganz für dich alleine hast, genießen und immer fitter werden.

Zurück zu den Wurzeln

Stelle dir deine Großeltern vor,
als sie in deinem Alter waren.

Was könnten sie unternommen haben?
Probiere das selbst einmal eine Woche lang aus.

Hier sind ein paar Ideen zum Loslegen. Hake sie ab, wenn du sie umgesetzt hast. Wie viele haben dir gefallen? Mache sie dir zu täglichen Gewohnheiten!

☐ **Schließe deine Augen und atme tief durch.** Es mag sich albern anhören, aber weil deine Verwandten von viel weniger Technologie und Digitalisierung umgeben waren, die sie ablenkte, hatten sie viel mehr ruhige, gelassene Momente am Tag.

☐ **Pflanze dein Obst oder Gemüse selbst an, statt es im Laden zu kaufen.** Woher kam heute dein Essen? Aus dem Supermarkt? Noch vor ein paar Jahrzehnten mussten deine Urgroßeltern monatelang warten, bis etwas reif war, um es zu essen.

☐ **Setze dich für zehn Minuten ohne dein Telefon draußen hin – und genieße die Natur.** Vor hundert Jahren gab es noch kein Fernsehen und keine Computer, die die Menschen im Zimmer hielten. Deine Urgroßeltern verbrachten möglicherweise mehr Zeit draußen als du.

☐ **Trinke ein Glas Zitronenwasser.** Für Kinder gab es in der guten alten Zeit neben Wasser und Milch nicht viel anderes. Versuche mal, eine Woche lang bei den Basics zu bleiben.

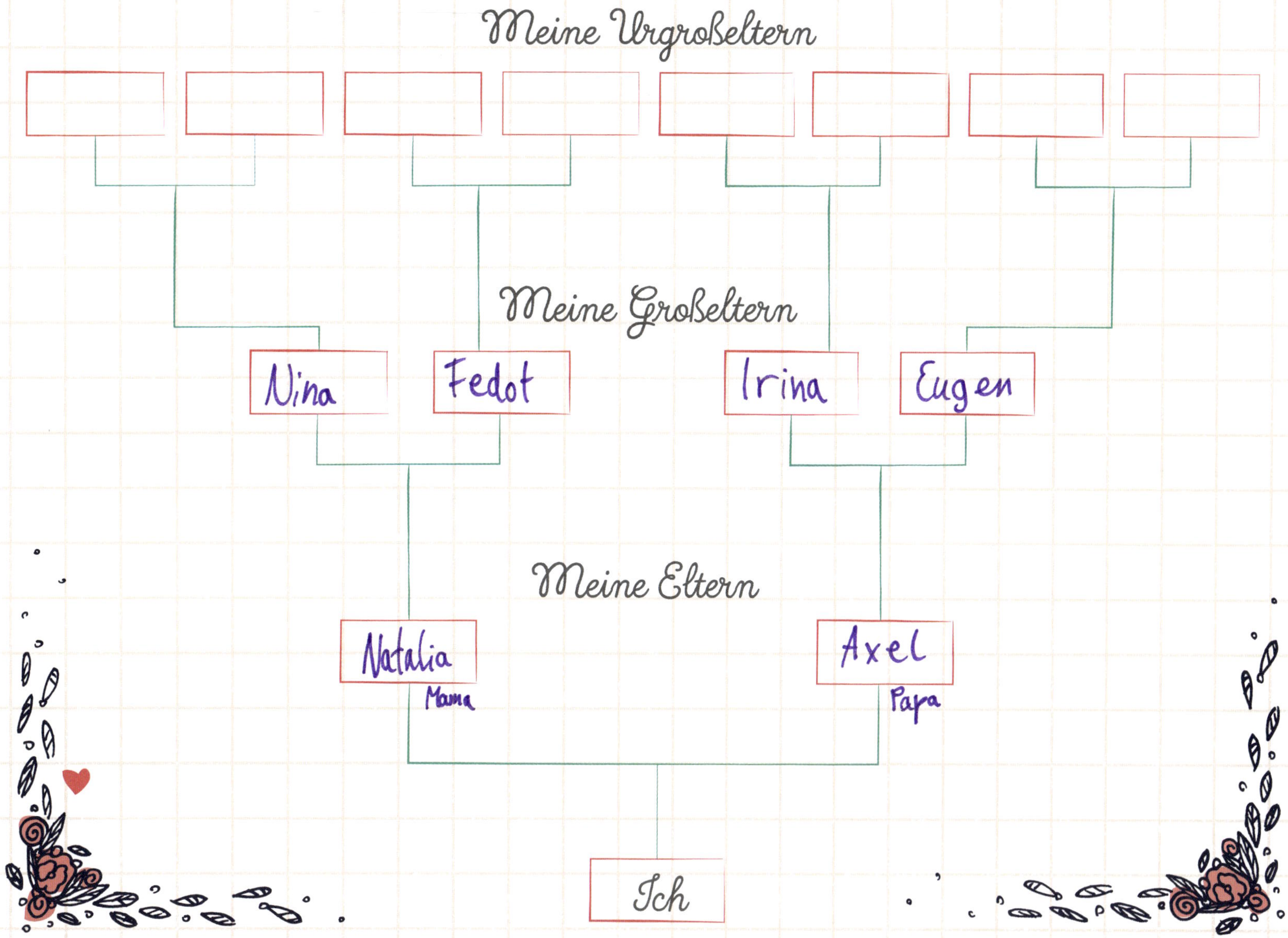
Meine Urgroßeltern
Meine Großeltern
Nina
Fedot
Irina
Eugen
Meine Eltern
Natalia
Mama
Axel
Papa
Ich

Strecke dich!

Hast du dich schon mal gefragt, warum sich Katzen und Hunde so oft strecken? Weil es sich sooo gut anfühlt! Probiere es mal aus, baue die Übungen in deinen Alltag ein und über kurz oder lang wirst du schnurren wie ein Kätzchen.

Bleibe in jeder Position nur so lange, wie es angenehm ist – spüre die sanfte Dehnung und erzwinge nichts. Bewege dich langsam und achtsam. Je öfter du es tust, desto leichter wird es.

Übe nicht mit vollem Bauch und suche dir eine Ecke, wo du genügend Platz hast. (Frage vorher, ob du den Platz auch nutzen darfst.)

1. Stelle dich so hin, dass deine Füße sich berühren und die Arme an den Seiten herabhängen. Atme tief ein und strecke die Arme langsam nach oben. Halte sie dort für zehn Sekunden.

2. Atme tief ein und langsam aus und beuge dich dabei nach vorn, sodass deine Hände deine Füße berühren. Dabei ist es völlig in Ordnung, die Knie ein wenig zu beugen.

3. Mache mit deinem rechten Bein einen Schritt nach hinten. Platziere die Hände auf dem Boden und das linke Bein neben dem rechten.

4. Drücke deine Hüften nach oben, sodass du ein umgekehrtes V bildest. Halte die Position für zehn Sekunden oder so lange, wie es angenehm ist.

5. Stelle deinen linken Fuß nun zwischen deine Hände. Richte deinen Körper von der Hüfte aufwärts wieder auf, die Füße bleiben dabei weit auseinander. Strecke deine Arme über deinen Kopf.

6. Drehe deinen Körper und den hinteren Fuß nach rechts und strecke deine linke Hand nach vorn über dein linkes Bein. Führe deine rechte Hand nach hinten über dein rechtes Bein, schaue nach vorn und halte die Position für zehn Sekunden.

7. Drehe deinen Körper und deinen hinteren Fuß wieder nach vorn, hebe beide Arme über den Kopf und strecke deine Fingerspitzen in den Himmel. Atme tief ein und aus und zähle dabei bis zehn.

8. Platziere beide Hände neben deinem linken Fuß auf dem Boden. Bewege dein linkes Bein nun ebenfalls nach hinten und lege deinen Körper langsam flach auf den Boden.

9. Richte deine obere Körperhälfte auf, stütze dabei dein Gewicht mit den Händen.

10. Komme sanft in die liegende Position zurück und bringe dann deine Hüften nach oben. Stelle deine Füße auf und komme wieder in die umgedrehte V-Position.

11. Wandere mit deinen Händen zurück bis zu deinen Füßen und richte langsam den Oberkörper auf, bis du wieder aufrecht stehst. Stehe nun zehn Sekunden lang still und achte auf deine Atmung. Hoffentlich fühlst du dich jetzt so wie eine Katze nach einer ausgiebigen Portion Stretching.

Mein perfekter Chill-Nachmittag

Fahre runter. Schalte ab. Nimm dir Zeit zum Entspannen. Gönne dir und deinem Körper ab und an einen Nachmittag nur für dich.

1 WIE KANNST DU AM BESTEN ENTSPANNEN?

Schreibe deine Lieblingsaktivitäten auf.

Schlafen/Ausruhen

Geschichten ausdenken

Hier sind noch ein paar Ideen:

- [ ] einen lustigen Film schauen
- [x] Malen oder Zeichnen
- [x] Musikhören
- [x] ein Blubberbad
- [ ] ein Buch lesen

2 PLANE DEINE CHILL-ZEIT!

Schreibe auf, an welchem Tag und um wie viel Uhr du dir Entspannungszeit gönnen magst.

Sonntag

14:00-15:00

Bereite deine Chill-Zeit vor, aber nimm dir nicht zu viel vor. Suche dir nur zwei oder drei Aktivitäten von deiner Liste aus.

1. ~~Heißer~~ Heißer Kakao mit Marshmallows
2. malen einfach anders
3. Geschichten ausdenken und ausruhen

Nagellack machen

3 TOP-TIPPS

1. Erzähle deiner Familie und deinen Freunden von deiner Entspannungszeit, damit dich keiner dabei stört.
2. Suche dir ein Lied oder ein Gedicht, bei dem du dich gut fühlst, spiele oder lies es am Anfang, damit du in die richtige Stimmung kommst.
3. Versuche, zu Beginn oder am Ende deiner Entspannungszeit bildschirmfreie Zeit zu haben, und stelle dein Telefon ab.

4 BEREITE DEINE CHILL-ZONE VOR

Bevor du deine Chill-Zeit beginnst, bringe Ordnung in dein Zimmer, sodass der Bereich aufgeräumt und gemütlich ist – ohne grelles Licht und Chaos. Mache dir eine Liste, was du zum Chillen brauchst, und besorge es dir vorher.

1. ______
2. ______
3. ______
4. ______
5. ______

Hier noch ein paar Ideen für die Chill-Zone. Kreuze an, was du vorbereiten willst.

- **Kerzen** (Lasse Kerzen nie unbeaufsichtigt und frage vorher einen Erwachsenen um Erlaubnis.)
- **entspannende Musik** (Wirf einen Blick auf die Seiten 66–67, um deine Playlist zusammenzustellen.)
- **eine kuschelige Decke**
- **eine Tasse leckeren Tee**

Himmlische Düfte

Liebst du den Geruch von frisch gemähtem Gras? Und wie ist es mit Keksen, wenn sie gerade aus dem Ofen kommen? Es gibt so viele leckere Düfte – notiere deine Lieblingsdüfte hier.

LIEBSTER OBSTGERUCH:

Der betörendste
Blumenduft:
Flieda
....

Trendige Nägel und tolle Lippen

Lippen und Nägel zu pflegen, macht Spaß und ist gar nicht schwer. Probiere verschiedene Farben aus und finde heraus, was zu dir passt.

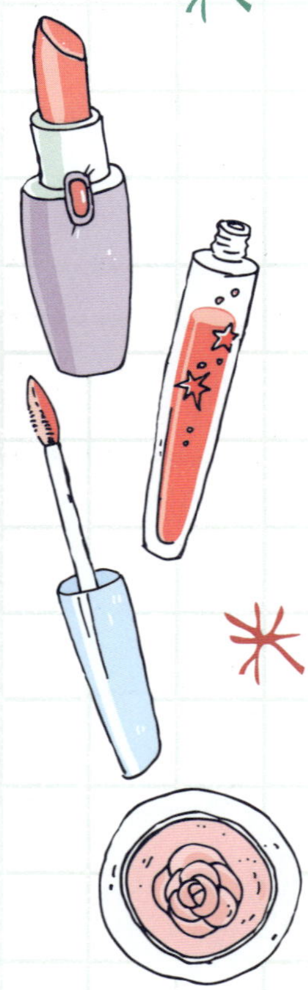

Schöne Lippen

Tipps für gepflegte Lippen:

1. Lippenbalsam schützt vor trockenen Lippen.
2. Trockene Hautschuppen kannst du vorsichtig mit einer Zahnbürste abbürsten.
3. Trage Lippenbalsam nur innerhalb der natürlichen Form deiner Lippen auf. Verreibe ihn nicht übers ganze Gesicht.
4. Willst du für besondere Momente Lipgloss nutzen, suche eine Farbe aus, die zu dir passt.
5. Verwende Lippenstift nur dezent.
6. Achte auf die Inhaltsstoffe. Es sollten keine Mineralöle, sondern nur natürliche Fette wie Jojobaöl, Avocadoöl, Sheabutter oder Aloe vera verwendet werden.

LIPPENBALSAM IST LEICHT PARFÜMIERT.

LIPGLOSS LÄSST DIE LIPPEN GLÄNZEN.

LIPPENSTIFT BRINGT FARBE INS SPIEL.

Pflege deine Nägel

Achte auf deine Nägel, du brauchst sie jeden Tag.

1. Kaue nicht auf deinen Nägeln.
2. Creme deine Hände und Nägel regelmäßig ein.
3. Feile deine Nägel, damit du nicht mit eingerissenen Ecken an deinen Klamotten hängen bleibst. Feile dabei immer nur in eine Richtung.
4. Nägel wachsen nach – du kannst also mit unterschiedlichen Nagellängen und Formen experimentieren.
5. Wenn du deine Nägel lackierst, trage vor dem Lackieren einen farblosen Unterlack auf, damit Farben länger halten.
6. Gestalte mit einer zweiten Farbe, mit Glitter oder Stickern ein wenig Nagelkunst.

DIESE FARBEN MAG ICH BESONDERS:

....

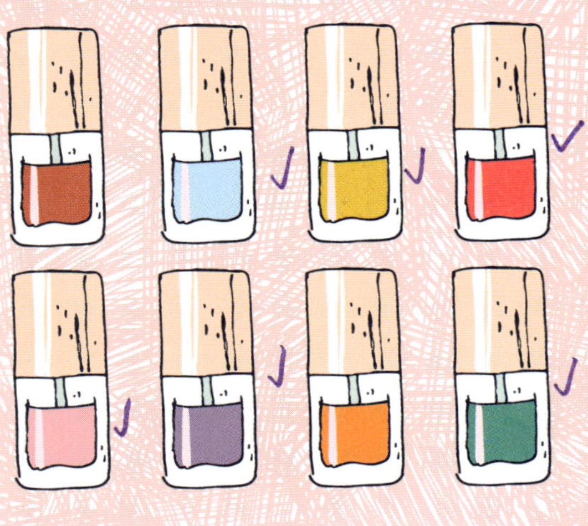

STREICHE DEINE LIEBLINGS-LIPPENPRODUKTE HIER AUF UND MACHE DIR NOTIZEN DAZU.

....

Mache es dir gemütlich!

Kennst du das Gefühl? Draußen ist es kalt und regnerisch und du hast es dir mit einer kuscheligen Decke, einer Kerze und einer heißen Schokolade auf dem Sofa gemütlich gemacht. Körper und Geist sind entspannt. Aaaah …

Doch draußen muss nicht unbedingt schlechtes Wetter sein, damit einen dieses schöne Gefühl durchflutet!

Mache es dir einfach so mal für eine Stunde gemütlich und bereite das entsprechend vor:

1. ATMOSPHÄRE

Stelle das grelle Deckenlicht aus und schalte gemütliche Lampen oder Lichterketten für eine schöne Stimmung an. Lasse im Hintergrund leise Musik laufen und schnappe dir ein Buch oder eine Zeitschrift. Wenn du magst, versprühe etwas Lavendel-, Zimt- oder Vanilleduft im Raum. Oder pflücke ein paar frische Blumen und stelle sie in eine Vase.

Schreibe hier auf, was du zum Entspannen brauchst:

- . . . .
- . . . .
- . . . .

2. GENIESSE DEN MOMENT

Es gehört zum Gefühl der Gemütlichkeit, dass man den Moment wahrnimmt. Also keine Ablenkung durch Technik – stelle das Telefon aus. Lege eine Zeit fest, in der du nicht an die Schule, Hausaufgaben, Prüfungen oder all das Schulgerede denkst. Genieße einfach den Moment.

So lange werde ich mein Telefon ausstellen:

. . . . min

3. BEHAGLICHKEIT

Am schönsten an der Gemütlichkeit ist, dass man sich behaglich fühlt. Ziehe deinen flauschigen Schlafanzug an, wickle dich in eine kuschelige Decke, schnappe dir dein Lieblingskuscheltier und du hast alles, was du brauchst. Gönne auch deinem Innenleben etwas und verwöhne dich mit deinen Lieblingssüßigkeiten und einem heißen Getränk.

Diese Dinge brauche ich für meine Stunde Gemütlichkeit:

- . . . .
- . . . .
- . . . .

4. GLÜCKLICH UND DANKBAR

Zum Wohlfühlen gehört auch, dass man dankbar für das ist, was man hat, und Streitigkeiten oder Nervereien vergisst. Es gibt Zeiten, in denen man kämpft, streitet oder sich wünscht, die Dinge wären anders – aber jetzt ist dafür nicht der richtige Moment. Genieße dein Zuhause und sei dir gewiss, dass deine Freunde und Familie für dich da sind!

Dafür bin ich dankbar:

- . . . .
- . . . .
- . . . .

Lieblingsschmöker

Liest du gern? Ergänze die Buchrücken und vervollständige die Bibliothek deiner Träume!

„Magie kannst du überall finden. Setze dich hin und entspanne dich, alles was du brauchst, ist ein Buch.“

– DR. SEUSS

Meine Playlisten

Stelle dir besondere Playlisten für unterschiedliche Gelegenheiten zusammen. Trage deine Lieblingslieder in jede Kategorie ein.

Immer wenn du ein neues Lied hörst, das du liebst, kannst du es hier zusammen mit dem Datum, an dem du es zum ersten Mal gehört hast, hinzufügen.

Party: Datum:

Chillen: Datum:

Glücklichsein: Datum:

Mein heutiger Lieblingssong:

Wütendsein: Datum:

Motivierend: Datum:

Zum Lernen: Datum:

Beim Sport: Datum:

Gib ein bisschen weiter …

Verbreite gute Laune, indem du mit anderen teilst. Schreibe hier auf, wie du jemanden zum Lächeln bringen kannst – denn dann wirst auch du selbst lächeln!

SCHREIBE DREI MÖGLICHKEITEN AUF, WIE DU ANDEREN HELFEN KANNST.

1

2

3

SCHREIBE DREI MÖGLICHKEITEN AUF, WIE DU DEINER FAMILIE EINE FREUDE MACHEN KANNST.

1

2

3

SCHREIBE HIER AUF, WIE DU DEINE FREUNDE GLÜCKLICH MACHEN KANNST.

1

2

3

SCHREIBE HIER AUF, WER DICH ZUM LÄCHELN BRINGT – UND BEDANKE DICH BEI IHNEN.

1 Tyco

2 Mama

3 Katrin

SCHREIBE ZEHN MENSCHEN AUF, FÜR DIE DU DANKBAR BIST – UND DANN SAG ES IHNEN!

1 Mama

2 Katrin

3 Tyco

4 Papa

5

6

7

8

9

10

Stimmungsbarometer

Halte deine Stimmungen der nächsten vier Wochen fest. Zeichne einen Emoji, der zeigt, wie du dich am Tag gefühlt hast.

Schreibe vier Wochen lang zu jedem Tag einen Satz auf, konzentriere dich dabei immer auf unterschiedliche Dinge!

WOCHE 1	HEUTE HABE ICH MICH SO GEFÜHLT	MORGENS	MITTAGS	NACHMITTAGS	ABENDS
Montag					
Dienstag					
Mittwoch					
Donnerstag					
Freitag					
Samstag					
Sonntag					

WOCHE 2	DARAUF FREUE ICH MICH AM MEISTEN	MORGENS	MITTAGS	NACHMITTAGS	ABENDS
Montag					
Dienstag					
Mittwoch					
Donnerstag					
Freitag					
Samstag					
Sonntag					

„DER SINN DES LEBENS IST ES, GLÜCKLICH ZU SEIN.“ – DALAI LAMA

WOCHE 3	DAS BESTE WAR	MORGENS	MITTAGS	NACHMITTAGS	ABENDS
Montag					
Dienstag					
Mittwoch					
Donnerstag					
Freitag					
Samstag					
Sonntag					

WOCHE 4	DAFÜR BIN ICH DANKBAR	MORGENS	MITTAGS	NACHMITTAGS	ABENDS
Montag					
Dienstag					
Mittwoch					
Donnerstag					
Freitag					
Samstag					
Sonntag					

Kritzelspaß

Bist du traurig, besorgt oder verärgert, dann stelle dir vor, du könntest all deine Sorgen in einen der Kreise einschließen. Verwandle sie dann in etwas Fröhliches – eine strahlende Sonne, ein lächelndes Gesicht, eine Goldmedaille, eine Blume oder was immer dir gerade einfällt.

Egal, wann du diese Seite aufschlägst, wirst du nicht mehr die unangenehmen Dinge in den Kreisen sehen, sondern einfach nur fröhliche Kritzel-Zeichnungen!

„Ohne ein bisschen Regen gäbe es auch keinen Regenbogen!“

TEIL 3

Große Träume

„Wenn du es dir erträumen kannst, dann kannst du es auch tun.“ – WALT DISNEY

Die Zukunft liegt dir zu Füßen – glaube daran, dass du all deine Ziele erreichen kannst!

In diesem Teil kannst du dir Zeit nehmen, um auf bisher Erreichtes zurückzublicken. Dann kannst du dir für das nächste Jahr neue Ziele setzen, die dich deinen Träumen ein Stück näher bringen.

In der Zukunft würde ich gern …

Mein Traumjob ist:

....

Mein Traumurlaubsziel ist:

....

Meine Traumwohnung wäre so:

....

Diesen Lieblingsgegenstand würde ich überall mit hinnehmen:

....

Traumtagebuch

Deine Träume können dir Hinweise auf deine geheimsten Wünsche oder Ängste geben – oder sie ergeben überhaupt keinen Sinn!

Schreibe hier deine Träume auf ...

DATUM	TRAUM	DAS KÖNNTE ER BEDEUTEN

DATUM	TRAUM	DAS KÖNNTE ER BEDEUTEN

„Wenn wir träumen, betreten wir eine Welt, die ganz und gar uns gehört."

– ALBUS DUMBLEDORE

aus: „Harry Potter und der Gefangene von Askaban", J. K. Rowling

Willkommen im Jahr 20__!

Wie wird dein Leben in fünf Jahren aussehen? Wo möchtest du gern sein? Was sind deine Ziele? Halte deine größten Träume hier fest.

WAS WIRD MIR WICHTIG SEIN?

WIRD ES EINEN BESONDEREN MENSCHEN IN MEINEM LEBEN GEBEN?

WAS WERDE ICH IN MEINER FREIZEIT MACHEN?

WIE WIRD MEIN ZIMMER AUSSEHEN?

WAS WERDEN MEINE BESONDEREN ZIELE FÜR DIE ZUKUNFT SEIN?

WER WERDEN MEINE FREUNDE SEIN?

WIE WIRD MEIN STIL SEIN?

Vorsätze für jeden neuen Tag

Warte mit deinen Vorsätzen nicht bis zum Neujahrstag.
Wenn du deine Träume erreichen möchtest, dann solltest du schon jetzt den Weg dazu einschlagen!

Meine Vorsätze

FÜR MORGEN:

1
2
3

FÜR NÄCHSTE WOCHE:

1
2
3

FÜR NÄCHSTEN MONAT:

1
2
3

FÜR DIESES JAHR:

1

2

3

FÜR NÄCHSTES JAHR:

1

2

3

ICH WERDE JEDEN TAG:

DAS WICHTIGSTE IN MEINEM LEBEN IST:

DAFÜR WERDE ICH DANKBAR SEIN:

DAS WERDE ICH NIE VERGESSEN:

DAS SCHWÖRE ICH MIR:

AUF DIESE MENSCHEN KANN ICH ZÄHLEN:

PLAN B, FALLS ETWAS SCHIEFGEHT:

nochmal oder anders machen

Was würdest du lieber tun?

Diese Fragen zu beantworten, ist eine lustige Art, um mehr über die eigenen Vorlieben, Abneigungen und den persönlichen Geschmack herauszufinden.

Lies die Fragen und schreibe auf, was dir als Erstes in den Kopf kommt. Es gibt keine „richtigen" oder „falschen" Antworten, aber einige Antworten könnten dich überraschen.

WÄRST DU LIEBER EINE BLUME ODER EIN BAUM?

Blume

WÜRDEST DU LIEBER IN EINER KOMÖDIE ODER EINEM DRAMA MITSPIELEN?

Komodie

WÜRDEST DU LIEBER FLIEGEN WIE EIN VOGEL ODER SCHWIMMEN WIE EIN DELFIN?

Fliegen wie ein Vogel

WÄRST DU LIEBER DIE KLÜGSTE ODER DIE SPORTLICHSTE IN DER SCHULE?

Klügste

WÄRST DU LIEBER FÜR DEINEN TANZ ODER DEINEN GESANG BERÜHMT?

Würdest du lieber Rot oder Blau tragen?

WÜRDEST DU LIEBER HUNDERT JAHRE IN DIE ZUKUNFT ODER HUNDERT JAHRE ZURÜCK IN DIE VERGANGENHEIT REISEN?

100 Jahre in die Zukunft

WÜRDEST DU DEN REST DEINES LEBENS LIEBER DRAUSSEN ODER DRINNEN VERBRINGEN?

Draussen

MAGST DU LIEBER GEKOCHTE EIER ODER RÜHREIER?

Rühreier

WÄRST DU LIEBER EIN HUNDEWELPE ODER EIN KATZENJUNGES?

Katzenjunges

Bitte deine Freunde und Familie, dir noch weitere „Wärst du lieber“-Fragen aufzuschreiben. Beantworte sie und finde noch mehr über dich heraus!

Wärst du lieber ...

Tolle Erfolge

Jeden Tag kann man ein Ziel erreichen.
Es spielt keine Rolle, wie groß oder klein es ist.

Führe eine Liste über all die Dinge, die du jeden Tag erreichst.
Bald schon wirst du merken, dass du jeden Tag Großes vollbringst.

BEISPIELE:

- Heute habe ich meine Freunde zum Lachen gebracht.
- Meine Hausaufgabe hat die Bestnote bekommen.
- Ich habe im Sport ein Tor geschossen.

Das habe ich erreicht:

Kinder das Leben gerettet

Gibt es etwas, das du in Zukunft gern erreichen würdest? Schreibe es hier auf und überlege, wie du es schaffen kannst!

BEISPIELE:

- Jemanden aus der Familie mit einem Frühstück am Bett überraschen.
- Die Klavierprüfung bestehen.
- Zehn Wörter in einer fremden Sprache lernen.

Das möchte ich gern schaffen:

auf Havard Uni zu gehen und beenden

Nur 1en auf den Zeugnis

Talent-Sterne

„Jeder hat ein verborgenes Talent."

– SUSAN GALE

Talent bedeutet nicht nur, dass man gut singen oder tanzen kann. Damit sind auch deine Stärken gemeint, zum Beispiel, wenn du ordentlich bist. Liste hier deine Stärken auf, die deiner Freunde und deiner Familie. Trage dann in die Sterne auf der nächsten Seite ein, wer den Talent-Stern am meisten verdient.

MEINE STÄRKEN	DIE STÄRKEN MEINER FREUNDE	DIE STÄRKEN MEINER FAMILIE
Klug		
Kreativ		
Fantasievoll		
Hellsehen können		

Am mutigsten

BESTE/R RATSCHLAGGEBER/IN

AM KREATIVSTEN

AM VERRÜCKTESTEN

Glückspilz

SPORTS-KANONE

AM EHRLICHSTEN

LUSTIGSTE/R WITZEERZÄHLER/IN

BESTE/R ZUHÖRER/IN

AM ORDENTLICHSTEN

Schönste Handschrift

Super-fleißig

TOLLSTE/R THEATERSPIELER/IN

Lieblingsfilme

Schreibe in die Filmstreifen deine Lieblingsfilme, -serien und -schauspieler sowie deine Träume vom Ruhm. Schreibe, male oder klebe Ausschnitte aus Magazinen ein.

- Welche Stars bewunderst du?
- Welche Rollen würdest du gern mal spielen?
- Welche sind deine Lieblingsfilme?
- Welche Serie möchtest du gern sehen?
- Behalte auf diesen Filmrollen alles im Blick!

So wird Schule cool!

Jeder stöhnt manchmal über die Schule, aber versuche doch mal, die Schulzeit cooler werden zu lassen!

Schreibe zunächst einmal die schlimmsten Dinge in der Schule auf. Überlege dir dann, wie du die Probleme angehen könntest. Suche dir nun die beste Idee heraus und überlege, was du als Nächstes tun kannst – sei es, ob du mit einem Lehrer sprichst, dich einer Freundin oder einem Freund anvertraust oder einen Aktionsplan erstellst.

Draußen
Sport
Unterricht
Hausaufgaben
Kunst

Mein Traumurlaub

Ferien sind das Beste! Plane hier deinen perfekten Urlaub.

Wirst du zu Hause bleiben oder wegfahren? .... wegfahren

Bordkarte

Name: Laura Cook		Wer reist mit?	
Von: Berlin	Nach: Tokio	Transport	Flugzeug
Datum	Zeit		

FOLGENDES PACKE ICH IN MEINEN KOFFER:

....

....

....

....

....

SO WIRD DAS WETTER WERDEN

(Kreise ein.)

sehr heiß / eiskalt / warm / kühl / regnerisch / sonnig / es schneit / windig / bewölkt

WO WIRST DU ÜBERNACHTEN?

(Kreise eine Antwort ein oder schreibe deine eigene auf.)

im Bett / in einer Hängematte am Strand / in einem schicken Hotel / in einem Zelt / bei einer Pyjamaparty mit Freunden / in einer Holzhütte im Wald / oder ...

....

Das werde ich während des Urlaubs essen und trinken:

....

....

....

....

....

DAS WÜRDE ICH GERN ERLEBEN:

WELCHE SEHENSWÜRDIGKEITEN WERDE ICH MIR ANSEHEN?

....

....

....

....

....

....

....

....

Berichte doch einer Freundin auf einer Postkarte von diesem Traumurlaub!

Zu Hause ist, wo das Herz ist

Stelle dir vor, dass jeder Raum dieses Hauses für einen Bereich deines Zuhauses steht.

Was gefällt dir in jedem Zimmer am besten? Sind es die Möbel? Oder ist es der Blick aus dem Fenster? Vielleicht ist es auch eher das, was man in dem Zimmer tut, wie zum Beispiel ein Bad nehmen.

Träume mutig und ergänze in jedem Raum einen Gegenstand, sodass er noch schöner wird!

Vergiss die Außenbereiche nicht. Hast du einen Garten oder Park in der Nähe?

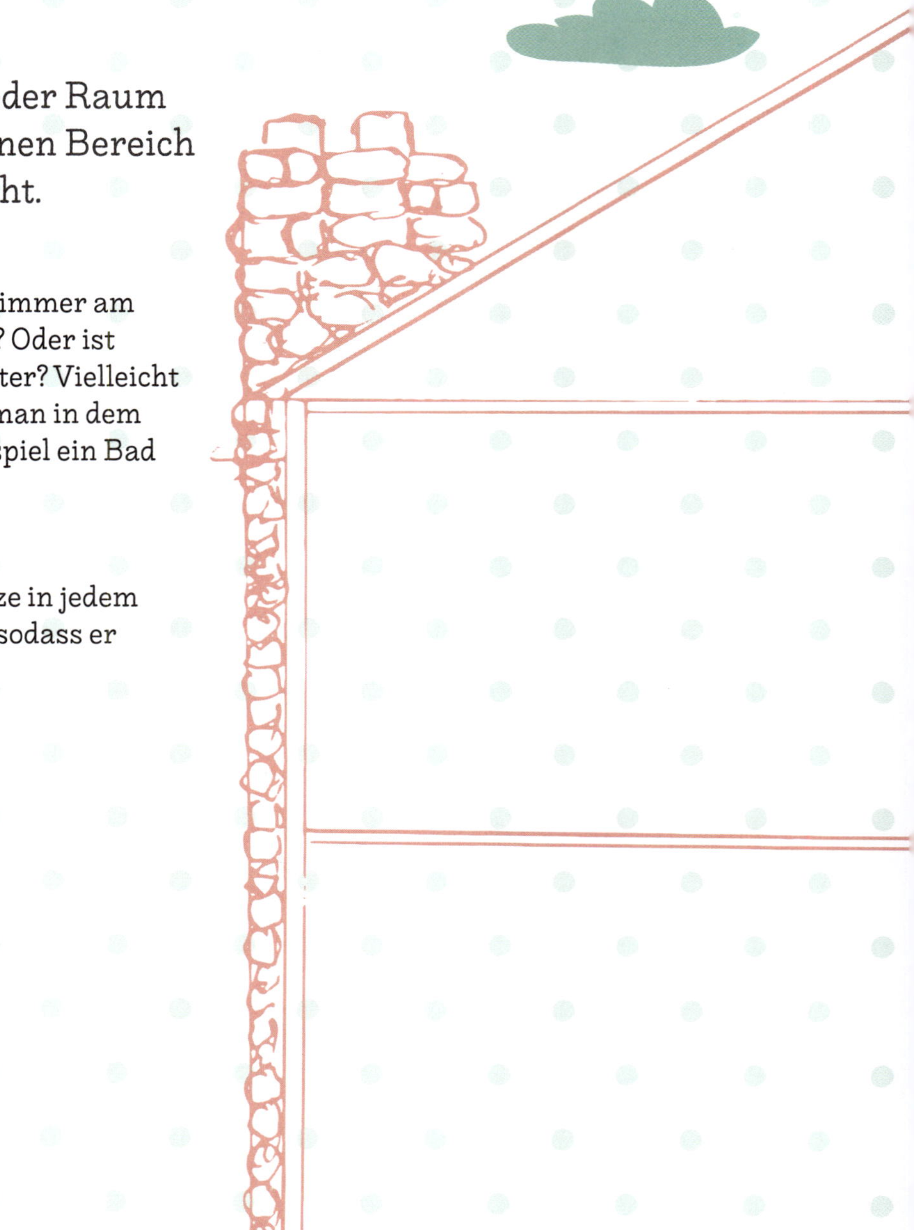

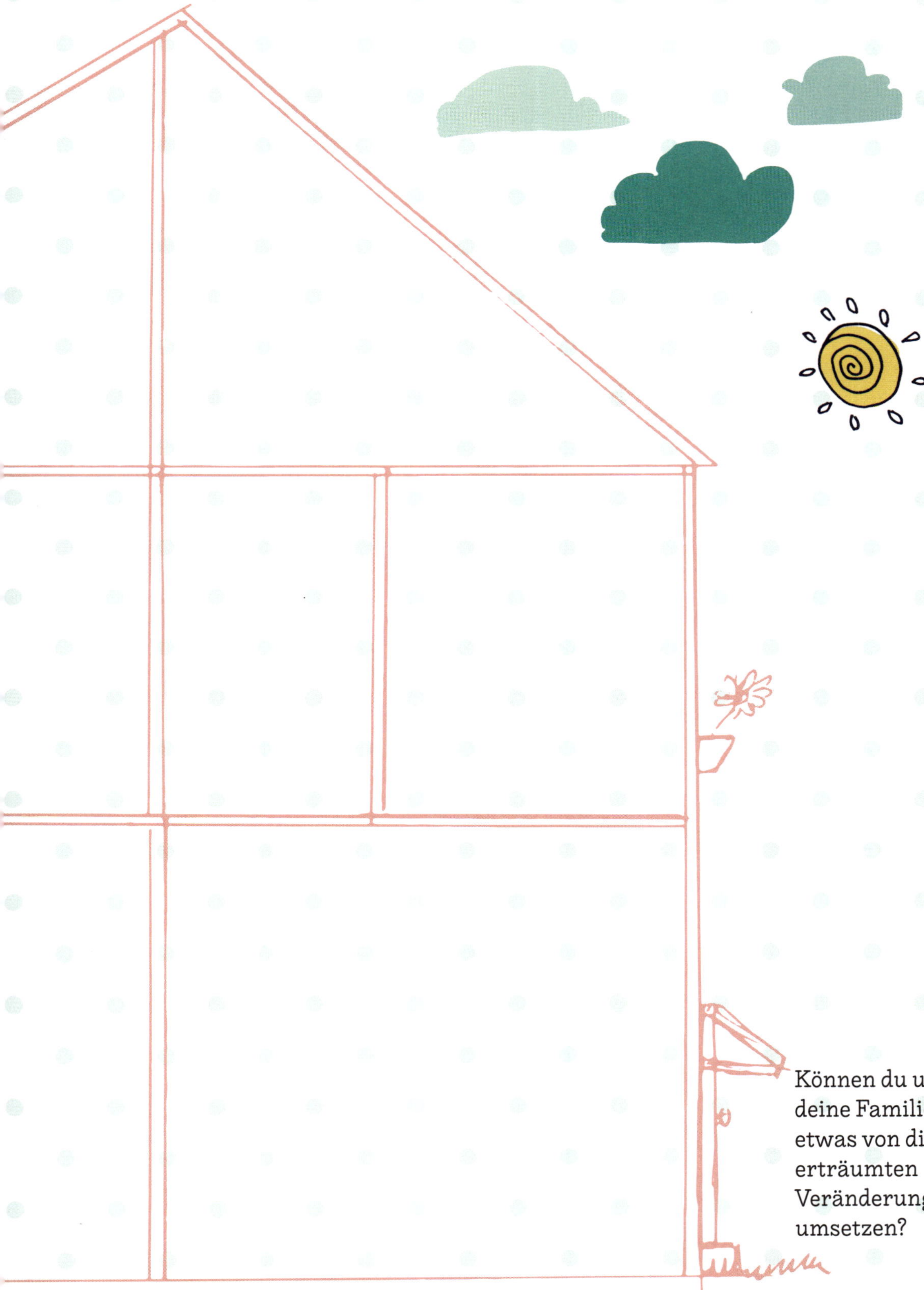

Können du und
deine Familie
etwas von diesen
erträumten
Veränderungen
umsetzen?

Lasse deinen Gedanken freien Lauf

*„Schreibe entweder etwas, das lesenswert ist,
oder tue etwas, über das zu schreiben sich lohnt."*

– BENJAMIN FRANKLIN

Notiere, was dir in den Kopf kommt, wenn du deine Gedanken schweifen lässt. Du wirst überrascht sein, auf welche Ideen du so kommst.

Hast du heute etwas Ungewöhnliches entdeckt? Erfinde dazu eine verrückte Geschichte, damit gibst du deinem Gehirn etwas zu tun!

Meine Frage – Antwort – Runde

Du hast eine Frage, weißt jedoch die Antwort noch nicht? Dann schreibe die Frage hier auf. Finde mehr über die Sache heraus und ergänze die Antwort.

FRAGEN UND ANTWORTEN:

F

A

F

A

F

A

F

A

F

A

DAS WILL ICH MIR MERKEN:

1

2

3

SCHREIBWEISEN, DIE ICH OFT VERGESSE:

1

2

3

4

5

6

7

8

9

10

Folge deinen Träumen

Schreibe eine Liste mit allem, was du gern tun möchtest. Diese Liste sollte nie enden!

Man kann nie früh genug damit anfangen, einen Haken hinter Erreichtes zu setzen! Warum also nicht heute damit anfangen?

Hier sind ein paar Ideen für den Anfang:

- neue Gerichte probieren
- gute Schulnoten
- Orte, die du besuchen möchtest
- neue Fähigkeiten im Sport
- Handschrift verbessern
- Bücher, die du lesen möchtest

EINFACH ALLES, WAS ICH TUN MÖCHTE:

Herzen der Liebe

Was oder wen liebst du? Hier kannst du alles aufschreiben, was dein Herz höherschlagen lässt. Kehre zurück zu dieser Seite, wenn du niedergeschlagen bist, und schon bald weißt du wieder, was dich zum Lächeln bringt.

TEIL 4

Was dir am Herzen liegt

„Wichtig ist nicht, WAS wir im Leben haben, es zählt allein, WEN wir in unserem Leben haben.“ – J. M. LAURENCE

Mit den Menschen, die dich umgeben, kannst du Spaß haben, ihr könnt Freunde sein und euch gegenseitig unterstützen. Trage jeden unter einer der Rubriken auf der nächsten Seite ein und klebe ein paar Fotos dazu. Für einige kannst du auch eine kurze Beschreibung ergänzen.

MEINE FAMILIE:

MEIN FREUNDESKREIS:

MEINE VIERBEINIGEN FREUNDE:

Meine Promi-Familie

Stelle dir vor, du hättest einen Tag lang eine berühmte Familie – wer würde dazugehören und warum?

Suche Fotos von ihnen, klebe sie hier ein und ergänze sie mit einem Hashtag ... #sobegabt, #fantastischeSportlerin, #gibtdasletzteHemd

.... FOLLOW •••

Meine **Promi-Mama** wäre:

...... LIKES

....

.... FOLLOW •••

Der **coolste Promi-Papa** ist:

...... LIKES

....

.... FOLLOW •••

...... LIKES

....

Wer wären deine Promi-Geschwister?

.... FOLLOW •••

...... LIKES

....

.... FOLLOW •••

...... LIKES

....

.... FOLLOW •••

...... LIKES

....

Verwandte bringen dich auf neue Sachen. Wen würdest du wählen?

Du hast vier Großeltern, die dir ihre Weisheiten weitergeben können.

Wer ist dein tierischer Freund?

Freundschafts – Baum

Sammle an diesem Baum die Fingerabdrücke deiner Familie und Freunde.
Gestalte auch ein paar Freundschaftsblumen.

Bitte einfach alle, ihren Zeigefinger in wasserlösliche Farbe zu tippen und sieh zu, wie die Blätter sich vermehren.

Helfende Hände

Jeder braucht ab und an mal eine helfende Hand, denn du weißt nie, was in deinem aufregenden Leben noch so alles passieren wird. Schreibe, ohne lange zu überlegen, auf, wen du in den folgenden Situationen gern bei dir hättest.

Mit ihm/ihr möchte ich ein verlorenes Kätzchen finden

........Kate........

FÜR EINEN POPSTAR GEHALTEN UND VON FANS UMZINGELT WERDEN MÖCHTE ICH MIT ....Kate....

NEUE SCHUHE PROBIERE ICH MIT

........Kate........

MEINE FAMILIENGESCHICHTE ERKUNDE ICH MIT

........Kate........

SPAZIEREN GEHE ICH MIT

........Kate........

Mich ausweinen kann ich bei

........Kate, Mama........

NEUE FRISUREN PROBIERE ICH MIT ....Kate....

SÜSSE TÖRTCHEN BACKE ICH MIT

........Kate........

PARTY-DEKO HÄNGE ICH AUF MIT .... Kate

Eine Weltreise unternehme ich mit

.... Kate ....

TANZSCHRITTE ÜBE ICH MIT

.... Kate ....

EINEN AUS DEM ZOO ENTLAUFENEN TIGER BEOBACHTE ICH MIT

.... Kate ....

MEINE GEHEIMNISSE VERRATE ICH

.... Kate, Mama ....

Ich habe den gleichen Klamottenstil wie

.... Amelie ....

SCHWERE HAUSAUFGABEN ERLEDIGE ICH MIT .... Mam

WENN ES MIR NICHT GUT GEHT, WÜNSCHE ICH MIR EINEN BESUCH VON

.... Kate, Mam ....

EIN PICKNICK MACHE ICH MIT

.... Kate ....

AN REGENTAGEN MÖCHTE ICH ZUSAMMEN SEIN MIT

.... Kate ....

EIN BAUMHAUS BAUE ICH MIT

.... Kate ....

SKATEN GEHE ICH MIT

.... Kate ....

Geburtstagsballons

Halte hier alle Geburtstage fest
und vergiss nie wieder einen!

Juli
Hera
2.8 Papa
Aphrodite
August
5.8.2008
Ich
Hermes
Juni
10.10. Lucy
Leah
Oktober
18.10 Katrin
Harmonia
September
Hephaestus
4.12 Mama
Dezember
Zeus
Artemis,
Apollo
November
Hades

Schöne Geschenke

Notiere dir Ideen für schöne Geschenke! Sobald ein Geburtstag oder Weihnachten kommt, hast du schon die passende Inspiration.

FÜR WEN?	GESCHENKIDEE

FÜR WEN?	GESCHENKIDEE

Abenteuertage

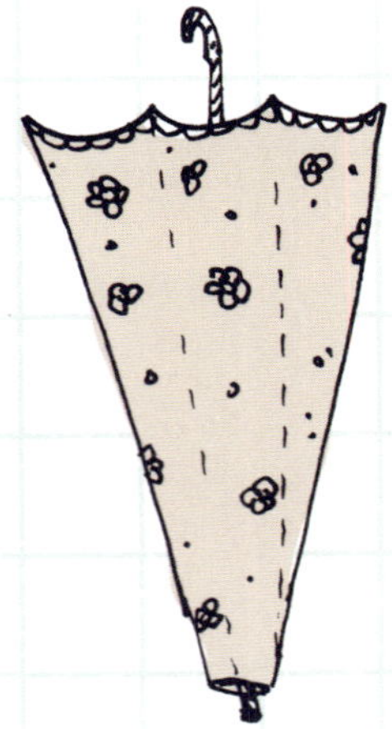

Es ist viel aufregender, mit der Familie ein Abenteuer zu erleben oder etwas mit Freunden zu unternehmen, als alleine vor dem Bildschirm zu sitzen! Sammle hier einfach schon ein paar Ideen für Unternehmungen mit denen, die du lieb hast.

KREATIV WERDEN

WAS? . . . .

WO? . . . .

WANN? . . . .

MIT WEM? . . . .

WIE? . . . .

EIN ABENTEUER IM FREIEN

WAS? . . . .

WO? . . . .

WANN? . . . .

MIT WEM? . . . .

WIE? . . . .

ETWAS NEUES AUSPROBIEREN

WAS? .... MIT WEM? ....

WO? .... WIE? ....

WANN? ....

BELOHNUNGSZEIT

WAS? .... MIT WEM? ....

WO? .... WIE? ....

WANN? ....

Den Traditionen auf der Spur

Welche sind eure Familientraditionen?
Hast du auch mit Freunden Rituale? Gibt es an Geburtstagen etwas Besonderes zum Frühstück? Bleibst du Silvester wach? Habt ihr Ferienrituale? Schreibe deine fünf liebsten Familientraditionen auf!

Beispiel:

Geburtstage beginnen stets mit einem Frühstück im Bett.

Tausche, verleihe, teile

„Das Wunder ist: Je mehr wir teilen, desto mehr haben wir.“ – LEONARD NIMOY

Mit Freunden zu teilen, ist etwas Wunderbares. Doch behalte im Auge, welche Musik, Bücher oder Klamotten du dir ausleihst oder verborgst, damit es keine Missverständnisse gibt.

WAS?	DATUM	VERBORGT AN	ZURÜCK-GEGEBEN AM

WAS?	DATUM	GELIEHEN VON	ZURÜCK-GEGEBEN AM

TEIL 5

Dein Leben im Rückblick

WIE LANGE HAST FÜR DIE NOTIZEN IN DIESEM EINTRAGEBUCH GEBRAUCHT? . . . .

WELCHE SEITE HAT DIR AM MEISTEN SPASS GEMACHT? Chill Seite . . . .

WELCHE SEITE FANDEST DU AM SCHWIERIGSTEN? . . . .

Suche für jeden Buchstaben aus dem Alphabet ein Wort, das dich beschreibt.

A

B

C

D

E

F

G

H

DAS BIN ICH VON A BIS Z

I

J

K

L

M

N

O

P

Q

R

S

T

U

V

W

X

Y

Z

So mag ich mich

„*Morgen ist ein neuer Tag.*" – SCARLETT O'HARA

aus: „Vom Winde verweht", Margaret Mitchell

Gratulation! Du hast es fast geschafft. Was hast du über dich herausgefunden? Vervollständige die Sätze unten, um zu sehen, was du über dich gelernt hast und was du dir für die Zukunft erhoffst.

AM MEISTEN HAT MICH ÜBERRASCHT ZU ENTDECKEN, DASS ICH

....

....

....

MEINE FAMILIE IST WICHTIG FÜR MICH, WEIL

....

....

....

....

DAS BESTE AN MEINEN FREUNDEN IST

....

....

....

....

Ich habe erkannt, dass Schule

....

....

....

ICH WÄRE NICHT DIE, DIE ICH HEUTE BIN, OHNE

....
....
....
....
....
....
....
....

Ich bin mir jetzt ganz sicher, dass

....
....
....
....
....
....
....
....

ICH FREUE MICH AUF

....
....
....
....
....
....
....
....

ICH BIN GLÜCKLICH, DASS

....
....
....
....
....
....
....
....

Die Zeitkapsel

Wenn du dieses Eintragebuch gut aufbewahrst, wird es für dein zukünftiges Ich wie eine Zeitkapsel sein!

Entscheide, an welchen Punkten in deinem Leben du nochmals einen Blick auf die unterschiedlichen Seiten werfen willst. Vielleicht kannst du an das eine oder andere im Laufe der Zeit einen Haken setzen!

Hier sind einige Ideen für den Anfang. Ergänze noch weitere Zeitpunkte.

DANN WILL ICH WIEDER HINEINSCHAUEN

In zwei Monaten, also am __ / __ / __
werde ich S. 62–63 aufblättern und eintragen, ob ich einen gemütlichen Abend hatte.

In sechs Monaten, also am __ / __ / __
werde ich auf S. 66–67 nachschauen, ob sich mein Musikgeschmack geändert hat.

Am nächsten Schuljahresanfang, also am __ / __ / __
werde ich nachsehen, ob die Veränderungen von S. 90–91 stattgefunden haben.

In einem Jahr, also am __ / __ / __
werde ich nachlesen, woran ich in den Listen auf S. 100–101 einen Haken setzen kann.

In fünf Jahren, also im Jahr __ / __ / __
werde ich schauen, ob sich meine Schlafroutine von S. 18–19 verändert hat.

Wenn ich ausziehe, am __ / __ / __
werde ich mein neues Zimmer mit meinem Traumzimmer von S. 22–23 vergleichen.

WEITERE ZEITPUNKTE

That's me

Jeden Tag geht die Sonne auf und du hast 24 Stunden, um dein Leben zu genießen! Was für eine schöne Überraschung hält das Leben wohl heute für dich parat?

Sei glücklich!

Zeichne hier ein, wie du lächelst, damit du nie vergisst, wie großartig du bist! Du kannst auch ein Foto einkleben.

2. Auflage 2019
Für die deutsche Ausgabe:

Für die Originalausgabe:

Carlton Books Limited gehört zur Carlton Publishing Group
Text: Anna Brett
Aus dem Englischen von: Annett Stütze
Illustrationen: Phoebe Leadbeater und Shutterstock
ISBN 978-3-401-71414-1

www.arena-verlag.de